KB120724

야생의 위로

시작시인선 0346 야생의 위로

1판 1쇄 펴낸날 2020년 9월 20일
지은이 고진하
펴낸이 이재무
책임편집 차성환
편집디자인 민성돈, 장덕진
펴낸곳 (주)천년의시작
등록번호 제301-2012-033호
등록일자 2006년 1월 10일
주소 (03132) 서울시 종로구 삼일대로32길 36 운현신화타워 502호
전화 02-723-8668
팩스 02-723-8630
홈페이지 www.poempoem.com
이메일 poemsijak@hanmail.net

ⓒ고진하, 2020, printed in Seoul, Korea

ISBN 978-89-6021-513-9 04810
      978-89-6021-069-1 04810(세트)

값 10,000원

야생의 위로

고진하

천년의 시작

시인의 말

5년 만에 시집을 낸다.
지구 별을 살리는
야생의 식물들과 사귀며
그 고요한 순례에 자주 따라나섰다.
그렇게 동행하는 동안
내 마음에 번진 푸른빛과 맛과 향을
공들여 받아 적으려 했다.

2020년 여름
원주 승안동에서
고진하

차 례

시인의 말

제1부 콩켸팥켸 이유 없어요

표절 충동 ——— 13

소리의 집 ——— 14

난 푸른 혁명의 뇌관을 갖춘 씨앗 ——— 15

식물성의 순례 ——— 16

상처 ——— 18

닻별 ——— 20

식욕 ——— 21

콩켸팥켸 이유 없어요 ——— 22

당신 발을 씻기며 ——— 24

비밀의 정원 ——— 26

산이 굴삭기에게 ——— 28

거위 ——— 31

매듭풀 ——— 32

수세미와 고양이 ——— 34

옆길로 새다 ——— 35

고해 ——— 36

흰 종이에 상처를 올려놓다 ——— 38

냉동고 ——— 40

풍등 ——— 42

슬픈 탈놀이 ——— 44

어깃장에 대하여 ——— 46

모과 ——— 47

제2부 불편당 일기

향기로운 장화 ──── 51

제비 산부인과 ──── 52

독경 ──── 54

틈 ──── 55

그러나 야성의 날개는 접지 않고 산다 ──── 56

꽃뱀 ──── 58

소농의 밭으로 출근하다 ──── 60

골고루 가난해지기를 ──── 62

시래기밥 ──── 63

사치 ──── 64

잡초 밥상 ──── 65

야성의 슬픔을 부리에 물고 ──── 66

지렁이밥 ──── 68

안개 ──── 70

질경이 ──── 71

거기가 꽃자리였을 것 ──── 72

제3부 생존 배낭

노른자 ──── 77

생존 배낭 ──── 78

카슈미르의 달 ──── 80

희망의 인질 ──── 82

고고성 ──── 84

구부러진 여백이 살아있는 이 명당에 ──── 86

백신 ──── 87

박쥐 콤플렉스 ──── 88

DMZ 평화공원에서 ──── 90

붉은 잇몸으로 버텨볼까 ──── 92

물까치 ──── 93

바지랑대 ──── 94

어린 희망에 경의를 ──── 96

최초의 가출 ──── 98

주천강 섶다리 ──── 100

제4부 하늘이 굴리는 대로 살 거야

묵상 ──── 105

원초적 경청 ──── 106

청소하던 아줌마는 어디에? ──── 107

여낙낙한 오해 ──── 110

계도 ──── 112

풍물 시장에서 ──── 114

이상한 예배 ──── 116

루마니아 ──── 118

유쾌한 욕 ──── 120

해월의 비碑 ──── 121

백팔배 ──── 122

월담은 내 운명 ──── 124

덤불숲 묵상 ──── 126

신의 메시지 ──── 127

미친 춤꾼처럼 ──── 128

해 설

이숭원 월담의 스텝으로 대지의 사랑을 찾아서 ──── 130

9

제1부 콩켸팥켸 이유 없어요

표절 충동

베끼고 싶은 시인의 시들은
이미 낡았구나

베끼고 싶은 가인의 노래는
이승의 리듬이 아니구나

베끼고 싶은 성자의 삶은
시신 썩는 냄새가 진동을 하는구나

(표절 충동은
창조자인 나를
언제나 슬프게 하지만)

꽃의 꿀을 따 먹으면서도
꽃에 이로움을 주는
나비나 꿀벌의 삶은 베끼고 싶거니

이런 생물들의 꽃자리가 되어주는
대지의 사랑은 베끼고 싶거니

소리의 집

수십 마리 새들이 날아와 우짖을 때
나무는 수직의 악기가 된다
가까이 다가가면 홀연 침묵에 휩싸이고
다시 멀어지면 생음악이 연주된다
둘이 한 몸이 된
반수반조半樹半鳥의 생음악
쌩쌩 바람이 불면 음악은 더 격렬해진다
고요하고 차분하던 수직의 문장이
수직의 악기로 바뀔 때
미치광이처럼 흥분하지 않을 수 없다
나무야, 새들아, 나도 너희처럼
온몸으로 악기가 되고 싶어
생음악을 연주하는 소리의 집이 되고 싶어
소리의 집, 시의 집, 생생한 시집이고 싶어
우릉 우르릉~
천둥이 하늘과 땅을 울리는 이 요란한 계절에

난 푸른 혁명의 뇌관을 갖춘 씨앗

텃밭 둘레에 분꽃 씨를 뿌리다가
손바닥에 남은 까만 씨앗을 가만히 들여다보네
쪼그만 씨앗들, 딱 수류탄을 닮았구나

하긴 모든 씨앗은 푸른 뇌관을 품고 있지
검은 대지가 안전핀만 쓱 뽑아주면
천지 사방 풋것들을 펑펑 터뜨리지

그래서 난
가을이면 씨앗을 모으고 봄이면 씨앗을 뿌린다네
난 푸른 혁명의 뇌관을 갖춘 씨앗이길 바라지
아니면 씨앗을 닮은 사람이길 바라지
씨앗이 함축하는 신비는 사랑의 신비이고
신의 신비이기도 하니까*

손바닥에 몇 알 남은 수류탄을 텃밭 둘레에 투척하고
돌아서는데, 벌써 눈앞에 빨강 노랑 꽃들이 어른거리네
그 별명이
우주 명랑인 꽃들이 펑펑 폭발하기 시작하네

---

* 박경리의 「꿈꾸는 자가 창조한다」(「원주통신」)에서 변용.

식물성의 순례

올해도 제비 한 쌍 날아들어
처마 밑을 기웃대며 둥지 틀 자리를 찾는 것처럼
신혼의 보금자리 물색하러 다닐 그런 날이 올까

젊은 날 발길 닿는 대로 떠돌던
내 방랑의 유전자를 자극하는
제비들의 눈부신 비상을 보며
잠시 엉뚱한 생각에 잠겨보았는데

실은 낮은 돌담 아래 붙박여
꽃 피우려 수런거리는
붉은 모란의
고요한 순례에 더 마음을 주고 있네

젖은 흙과 지푸라기 따위 물어다
둥지 틀고 짝짓고 알 낳고 알 까는
관능은 언제나 크나큰 유혹이지만

봄의 징검다리
붉은 모란과 함께 건너며

슬기로운 말들 낳고 또 낳는
식물성의 순례를 탐하는 그런 날들이라네

상처

어린 목동일 때
들에서 고삐 잡고 풀 뜯기다 지겨우면
소나무 둥치에 고삐를 묶어놓았지

해거름까지 동무들과 놀다 돌아와 보니
배가 고팠던지 소가
소나무 껍질을 벗겨 먹고 있었어
훌렁
껍질 벗겨진 소나무 둥치에서는
벌써 허연 송진이 흐르고 있었지

오 만물의 몸은
상처를 입으면 스스로 제 몸을 치료할
약藥을 토해 내는구나

일찍이
그걸 깨달은
어린 목동도 이젠 늙어,
고삐 잡고 칠 소도 없는
까마득한 마천루 아래를 거닐며

얼마 전
다친 마음에 대해 생각하네

몸뚱이와 달리
마음은 심하게 다치면 쉽게 아물지 않지
다스릴 약도 마땅치 않아
시난고난
숨 놓을 때까지 앓기도 하지

그러니
그대 마음도
타인의 마음도
난도질하여 피 흐르게 하지 말라

사람 마음 크게 다치면 저 하늘 신령 깃들일 곳 없나니

닻별

아련한 그리움의 눈빛 거두지 않고
그것이 슬픔일지라도
지금 이 순간 닻을 내리고 싶어
바퀴 자국 난 흙길
바퀴에 깔렸던 허리 꺾인 바랭이풀
질경이들이
햇살의 부축을 받으며 일어나고 있었지
아무리 힘들어도 절망은 없다는 듯
지금 이 순간
아픈 시간의 어깨 걸고 일어나고 있었어
느닷없이 흙바람 불어 눈 뜨기 어려워도
통증을 품어야 이어지는 생
그러나 캄캄한 어둠 속 닻별처럼
아련한 그리움의 눈빛 거두지 않고
그것이 슬픔일지라도
당신 향한 사랑의 닻을 내릴 수 있다면

식욕

운명의 날 시계가
지구 종말의 시간이
2분 30초 남았다고 한
TV 보도를 흘깃 보았다

저녁 밥상 앞에서
오래
꼭꼭
씹어 먹는 게 좋다는
한의사의 얘기가 떠올라
밥 한 술에
50번씩
꼭꼭
오래
씹어 삼켰다

내 식욕은
아귀아귀 종말 따윌 모른다 벌써 그 아귀가 육십갑자를
돌았다

콩켸팥켸 이유 없어요

이유 없이
당신은 받아줬죠
스물 몇 살의 무모한 열정의 나를
그리고 꿈결처럼 세월은 흘러
예순 몇 살의 사그랑주머니 같은 나를
이유 없이
당신은 받아줬죠

이유 없이 눈 내려
장독대가 소복소복해요
이유 없이 햇볕 쪼여
항아리에 쌓인 눈 다 녹듯
이유 없는 사랑이
당신과 나 사이를
사이 없는 사이로 만들어요

물론 당신과 나 사이
서른 몇 해 동안
상처를 주고받으며
은결들던 순간도 있었지요

이제 와 보니
그 상처들이
크나큰 보물이에요
그걸 또랑또랑 깨닫게 된
오늘도 보물이에요

무슨 혈연
무슨 지연
사랑은 무슨 무슨 연緣이 아니에요
이유 없이 살다
이유 없이 꺼질 거예요
뜨는 해와 지는 해 사이
존재의 이유 없어요
그냥 사랑해요 콩케팥케 이유 없어요

당신 발을 씻기며
―권포근에게

오늘은 당신 귀 빠진 날,
뭘 선물할까 곰곰 생각하다가
세숫대야에 더운 물을 떠다가 당신 발을 씻기네
잠들 때를 제외하곤
이 방에서 저 방으로, 부엌에서
마당으로, 텃밭으로 끊임없이 움직이며
식구들을 살렸던
살림의 으뜸,
당신 발에 입을 맞추네.

당신 자신에게도 사랑받지 못한,
나 역시 무심했던
발의 노고勞苦를 모처럼 기억하는 시간.
발톱조차 마모되어 그 흔적만 남은
새끼발가락,
한 방울 눈물처럼 선연하네.

―어떻게 이런 신통한 생각을 했죠?

발, 살림의 으뜸, 그냥

어루만져 주고 싶었어.
우리 식구들 흔들리지 않게 하는 지축이잖아,
흔들리는 것이 유한한 인간의 운명이지만
당신 발은
운명 따위를 과감히 밟고 지나가곤 했잖아.

당신 자신에게도 사랑받지 못한,
나 역시 무심했던 당신 발에
물을 끼얹어 부드럽게 어루만지네.
잠들 때를 제외하곤
이 방에서 저 방으로, 부엌에서
마당으로, 텃밭으로 끊임없이 움직이며
식구들을 살렸던
사랑의 으뜸,
당신 발에 입을 맞추네.

비밀의 정원
―정원사 김순현에게

여수 바닷가에 있는
'비밀의 정원'이라 이름 붙인 작은 꽃밭에 들어
꽃 피는 소리를 들었는데요
웃음도 피고 향기도 피는 소리를 들었는데요
아무에게도 털어놓지 못한 아픈 비밀도 꽃 피고 있었는데요

꽃들은 무작스레 피지 않고
절기에 맞춰 자분자분 피고 있었는데요
하늘 우러르고 우러르며 피고 있었는데요
꽃밭의 꽃들은 그렇듯
순천順天의 착한 딸들이었는데요

철들 줄 모르는 천둥벌거숭이들도
나비넥타이를 하고 꽃구경을 오곤 했는데요
우러러보는 마음 상실해
우주를 장터로 만드는 이들도 찾아오곤 했는데요
마음속 아집 털어버리지 못한 이들도
꽃빛과 향기에 취해 꽃밭 사잇길을 거닐었는데요

아무 때나 피지 않는 순천의 착한 딸들

달보드레한 눈길로

오롯이 하늘 우러르고 우러르며

경외를 으뜸으로 여기는 정원사의 눈치를 보며 피고 있
었는데요

산이 굴삭기에게
—명봉산 자락에서

내 뾰족한 정수리는 하늘에 닿아 언제나 늠름했지
새와 구름과 바람과 별을 벗 삼아
푸른 목관악기로 우주의 경이를 연주하는 일은 큰 기쁨
이었어

한데 며칠 전 갑자기
내 등뼈를 타고 굴러온 너는
수십억 년 침묵의 내 두개골부터 무쇠 주걱으로
난타하기 시작했지

내가 원하는 생음악은 이런 건 아니었어
자나 깨나 노래하던 새들이 화들짝 놀라 날아가고,
다람쥐와 고라니가 보금자리를 떠나고
나를 품어주던 우주의 정령들도 어디론가 종적을 감추
고……

귀가 있다면 너도 들어봐, 내 두개골이 부서져 내리며
쏟아내는 불협화음, 움푹움푹 절개되는
내 영혼이
잿빛 흙먼지를 마시며 내지르는 비명 소리를

>
이제껏 나는 우주의 거장이 빚어낸 위풍당당한 건축이며
예술이며 음악이라 믿었는데
그분이 태양과 함께 내 정수리를 지극한 눈빛으로 응시
하시는 걸
생의 낙이며 자부심으로 삼고 지냈는데

하루아침에, 이런 날벼락이라니,
내 품 안에서 자라던 희귀한 약초며 보석세공사의 가슴을
두근거리게 하던 원석들,
그리고 언제나 뜀뛰던 내 심장의 유희도 끝나 버렸어

세상엔 몰락으로 자라나는 것들도 있고
송두리째 무너지고 나서 세워지는 것도 있지만
하지만 네 무작스러운 주걱손이 할퀸 상처 아물지 못하고
종말을 품고 있거니, 가팔라진 지구 벼랑 앞에
생존의 희망조차 버리나니

오늘도 네 발톱이 꾹꾹 눌러 연주하는
파괴의 생음악에 전율하면서
망각이나 초월에 기대 살아온 나를 저주했어

이젠 아무도 내 안부를 묻지 말라

봄의 연두가 번지는 시절에도

나를 찾지 말라 우주 창조 전 태허 속으로 돌아가리니

거위

까닭 없이 울고 싶은 날
거위 우리로 다가가면
곡비哭婢처럼 거위가 대신 울어주네
몇 컬레의 신발을 버리듯
떠나간 사랑이나
흔해빠진 이별은 서럽지 않지만
길게 쑥 뽑아든 울대 부르르 떨리는
저 흙피리 소리처럼
돌아가다 만난 낯선 이정표 앞에서
왜 까닭 없이 울고 싶은 것이냐
품삯도 못 받고 울대를 흔들어주는
하얀 곡비와 멀어질 때
왜 산천은 막막한 생의 대답인 양
울컥울컥 초록을 쏟아놓는 것이냐

매듭풀

산길을 걷다
길가에 핀 매듭풀을 만났지요
긴 타원형의 잎과 줄기를 잡아당기자
서툰 매듭처럼 뚝뚝 끊어지네요
그런데 얽히고설킨
어떤 인연의 매듭은 왜 그렇게
끊기가 어려운 걸까요
오래전 당신이
두루마기 옷고름을 묶어줄 때
그 나비매듭도 기억나지만
야성의 부름을 신의 부름이라 여기며
함께 걸었던 매듭의 기억조차
망각하고 싶은 힘든 순간도 있었지요
그러나 지금 생각하면 순 엄살이에요
있는 듯 없고 없는 듯 있는
신의 부름을 탓할 것도 아니구요
당신과 내 안에 있는
야성의 숲이 푸르게 울창해져서
이렇듯 도린곁*으로 우리를 불러

매듭 없는 짐벙진 선물을 안겨 주니까요

* 도린곁: 사람이 별로 가지 않는 외진 곳.

수세미와 고양이

푸른 수세미잎 그늘에서 어린 고양이가 곤히 자고 있다

길쭉길쭉 자란 수세미는 어미처럼 제 품에 든 잠든 고양이를 대견한 양 내려다보고 있다

푹푹 찌는 가마솥더위에 식물과 동물이 어우러지는 풍경은 몹시 드문 일

늦은 오후 하늘이 캄캄해지며 장대비 쏟아지자 푸른 수세미 그늘이 빗물 노래로 낭자하다

잠자던 고양이 금세 어디로 사라졌는지

한 뼘 창으로 밖을 내다보던 외톨이 시인은 빗물에 젖고

수세미처럼 길쭉한 얼굴만 창문에 걸려 있다

옆길로 새다

호젓한 숲길을 걷다 보면
꽃 말고도 유혹하는 게 많지만
때로 내가 나를 유혹하기도 하지
옆길로 새어보아, 그래야
산더덕이나 산도라지 같은 보석이라도 줍지
충실한 하인처럼 난 욕망의 옆길로 샌다
욕망의 옆길, 그 길 없는 길을
열어가다 보면
잎보다 가시가 많은 사나운 덤불에 갇혀
쩔쩔매기도 하지만
늦게 올라온 새싹들이 던지는 푸른 질문에
가슴이 먹먹해지기도 하네
계속 길을 열어가다 은수자처럼
쓰러진 고사목이 무작스레 길을 막으면
털썩 주저앉아 하늘을 쳐다보네
적수공권 나 가진 거라곤 없어
청산의 별서別墅 같은 건 바라지 않으니
꾀꼬리 울음 같은
푸른 시의 첫 행이나 적선해 주소서

고해

산벚나무 꽃비 날리는 산길을
낡은 산악자전거로 오른다
금방 지는 꽃보다
여름이 끝나도록 이어지는
초록 잎들의 징검다리를 좋아해
오늘은 연두가 번지는 산정까지
자전거 타고 올라
구름 속 산책이라도 나서 볼까
하지만
탱탱한 허벅지에 기운이 빠져
자전거 세워놓고 나무에 기대어
근심과 불안을 벗 삼아 사는
산 아래 지상을 내려다본다
잠시 스쳐 갈 뿐인
마음 붙여 사랑하려 했지만
이제 이별해도 서럽지 않은
내가 자맥질해 온 고해를 내려다본다
평생 서있는 나무들 옆에 털썩 주저앉아
고해를 내려다보며 고해한다

며칠 살다 조용히 스러지는 꽃들처럼

무심코 살지 못해 미안하다고

흰 종이에 상처를 올려놓다
—시 치료 1

홀로 남몰래 앓는 신음소리는
아무리 작아도 결국
심장을 산산조각 내는 법이니
슬픔에 언어를 주라는 옛 시인의 말을 따라

큰 상처 받아 깊이 은결든 날이면
원고지에 시를 긁적인다네

그냥 내버려두면
크게 덧날 내 안의 상처 들여다보며
현란한 수식도 생략한 채
쌍시옷 섞인 육두문자 마다하지 않고
솟구치는 슬픔과 분노를
한 편의 시로 표현하고 나면

상처 입은 소나무가 제 몸의 송진을 흘려
스스로를 치료하듯
내 욱신거리는 상처에서 흘러나오는
날 선 언어들이 나를 아물게 해주기도 한다네

\>

참 나를 찾아가는 여정에서
때로 내가 나를 밟고 가듯이
나를 괴롭힌 상처의 아픔을
내 몸 살리는 영약 삼아
앞으로 나아가기도 한다네

그렇지만 흰 종이에 상처를 올려놓는
시 쓰기가 만병통치는 아니라네
그냥
벙어리 침묵 속으로
고요히 잠수하는 것이 나를 아물게 해줄 때도 있다네

냉동고
—고故 박경리 작가의 집에서

오래전 작고한 소설가의 집 뒤뜰
산자락에 굴을 파 만든 냉동고를 보았다
거미줄에 덮인 목조 문을 삐끔 열고
어둑한 냉동고 속을 들여다보니
입구의 흙바닥에
냉동의 시간을 견딘
민들레 애기똥풀들이
노란 꽃망울을 막 피우고 있었다
문을 닫고 막 돌아서는데
옆 철망 우리에 갇힌 거위 두 마리가
긴 목을 쑥 빼들고 꽥꽥 울부짖었다
몸은 갇혀있어도 길들여지지 않는
저 야생의 울대처럼
날이 갈수록 늙고 부패하는
날 보존할 수 있는 자연의 냉동고가 있을까
야생에서 멀어진 삶을 자책하며
빈집을 나서는데
늘 자신의 꿈을 냉동 발효시켜
꿈꾸는 자가 창조한다*는 걸 몸소 보여 주었던

소설가의 늘그막 얼굴이 환하게 떠올랐다

*『꿈꾸는 자가 창조한다』: 박경리의 산문집 제목.

풍등

진안고원
습지공원의 밤하늘 가득 떠오른
풍등風燈, 환한 보랏빛 별들이
내 어두운 몸으로 들어와 휘황했다

중국발 스모그로 자주 지워지는
해와 달과 별들 때문에
자꾸 어눌해지는
내 시詩의 농업,
저 천상의 빛의 은총을 여의면
시 농사도 작파하고 마는 것을.

밤하늘 가득 떠오르는 풍등을
고개 들어 우러르는
습지의 관객들, 즉석에서
풍등에 새긴 소원의 시구들이
둥실 두둥실 떠올랐다
모처럼
하늘의 시 농사가 풍년이 들어 흥청거렸다

\>

진안고원 밤하늘을 밝혔던 별들이
소등을 하자
내 어두운 몸에 들어왔던
휘황한 빛과 시는
귀로를 스스로 차단하고 야영의 텐트를 쳤다
어두운 습지의 늪엔
제 몸이 풍등인 반디들이 떠올라 웅성웅성거렸다

슬픈 탈놀이

누군들 오고 싶어 왔겠어
오죽하면 세상에 나오며
으앙! 울음부터 터뜨리잖아

떠날 일이 또 걱정인 세상
뭘 더 쌓으려는 욕심은 버렸지만

재난이 일상인 속수무책의 날들을
무책이 상책이라며 살아도 될까

생존하는 일에 애착이 많은
후배가 보내준 생존 배낭이
거실 구석에 먼지를 뒤집어쓰고 있지만

친절하게 넣어 보낸 비상 양식은
다 빼먹고 나침반만 남겼지

눈에 안 보이는
바이러스 소동으로
마스크가 동이 났다고 난린데

＞

오랜 세월 벽에 걸어놓은

하회탈이라도 쓰고

슬픈 별신굿 탈놀이라도 해야 하나

어깃장에 대하여

어깃장이란 말 알아?
널빤지로 문을 짜며 이어 붙인 나무판 따위가
어그러지지 않도록
문짝에 대각선으로 붙인 굵은 나무를 가리키는 말이지

내 어릴 적 아버지는
낡은 한옥에 딸린 광의 부서진 문짝 뜯어내고
새 문짝을 만들어달며
거기 어깃장을 붙이셨지

쉰 살을 못 살고 별세한 아버지보다
십 몇 년을 더 살고도
부실한 생의 문짝이
꽃샘바람에 삐걱대는 날

엉겅퀴 가시덤불 무성한
당신의 별서別墅에 성묘하며 머릴 조아리네

아버지, 바람에 날아갈 듯 삐걱대는 문짝에
어깃장을 놓아주소서
이래저래 울가망한 제 마음 더 오가리 들지 않도록

모과

아직 덜 익은 채 떨어진
황달 기 느껴지는 노란 연민을
책상 모서리에 올려놓고
하루 몇 번씩 킁킁 코를 대봅니다

못생겼으나
향으로는
팔등신입니다

눈을 지그시 감고 있으면
그윽한 체취의
팔등신이
내 품을 파고듭니다

하루에도 몇 번씩
나무 밑을 지나다니지만
기적의 낙법이 없으면
어찌 팔등신을 품에 안을 수 있겠습니까

제2부 불편당 일기

향기로운 장화

예초기로
산밭의 풀을 베고 나니
장화에 파랗게 풀물이 들었네

집을 향해 걷는데
길 위의 공기가
풀 향기로 붐비네

제비 산부인과
—불편당* 일기

먼 데서 날아와 몸을 풀고 있네
오뉴월 무더운 날씨에도
처마 밑 적막에 들어
알을 품어 굴리고 있네
낯선 고장,
낯선 집에 깃든
너에게도
포란抱卵은 아픔일 텐데……

아기들 우는 소리
들리지 않는
불임의 마을,
먼 데서 날아와
몸 푸는 널 보며
얼마나 반갑던지

머잖아
어린 새끼들
둥지를 박차고 나와
마당을 가로지른

빨랫줄에 앉아 우짖으면
푸른 하늘이 더 팽팽해지겠네

* 불편당不便堂은 내가 사는 낡은 한옥의 당호이다.

독경
—불편당 일기

장대비 잦아들자
처마 밑 제비는 둥지를 툭 박차고 나와
허공으로 솟구치네

며칠 전 깐 새끼들 먹이러
젖은 하늘 휘젓는 저 날랜 몸짓,
난세의 드난살이 같아 눈물겹네

우천雨天 속에서도
비상과 활강은 자유자재,
빗방울과 빗방울 사이를 뚫고 돌아오는 품을 보면
물잠자리 물고 바쁘게 처마 밑으로 드는
그 모정에 훅 단내가 풍길 것만 같네

실업의 궁기 버짐처럼 번지고
알 까는 일 저주처럼 치부하는 시절,
노란 주둥이에 사냥해 온 먹이 물려 주고
또 서둘러 허공으로 솟구치는 날랜 몸짓,
저 단내 나는 사랑을 독경讀經하지 않을 수 없네

틈
—불편당 일기

낡은 한옥에 살면서
틈이 보이면 진흙을 개어 메우곤 했다
아무리 메워도 세월이 지나면
또 생겨나는 틈
지붕 처마에 틈이 생기면
새들이 둥지를 틀고
벽에 틈이 나면
벌들이 웅웅거리며 집을 지었다
그걸 알고 난 후
한없이 게을러져
틈을 메울 생각은 않고
틈에 드나드는 녀석들 보는 재미로 산다
오늘은
처마 밑 서까래 흙이 떨어져 생긴 틈에
새 한 마리가 먹이를 물고 드나드는 걸
보았다 몰래 새끼를 깐 것 같았다
나는 아내를 불러 함께 박수를 쳤다
우리 삶의 틈
소농을 응원해 주는 고마운 식구들

그러나 야성의 날개는 접지 않고 산다
— 불편당 일기

됫박만큼 작은 방에 살지
둘이 누우면 딱 맞고, 셋이 누우면 좁은 방. 아침이면
쪽창으로 스미는 햇볕 몇 오라기,
창밖에 날아와 우짖는 텃새들의 지저귐도 벗님인 듯 머
물다 가네

그렇게 외계의 빛과 소리가 은총인 양 스며들 때
내가 거하는 방은
축복받은 나의 큰 육체라는 생각이 들지

여백을 좀먹는 가구들은 들여놓지 않는다네
이불과 요, 책 몇 권,
벽걸이에 걸어둔 옷 두세 벌이 전부

뒷간이 바깥에 있어 부득불 요강을 들여놓고 쓰는데,
그 또한 익숙해져 내 육체의 일부처럼 느껴지지
한낮에는 짐승들처럼 용변을 뒤란에서 해결하면서
야성이 조금씩 살아난다네

오늘 아침에도

쪽창으로 스미는 햇빛과 새소리에 잠이 깼지
햇빛의 자양으로 자라는 영혼,
밤이면 별빛의 속삭임 들으며 잠드는 방,
문틀이 작고 낮아 몸을 한껏 웅크리고 드나들지만
그러나 야성의 날개는 접지 않고 산다네

꽃뱀
—불편당 일기

여름날 아침
애호박이나 하나 따려고
뒤란으로 돌아갔는데

아이들 키만큼 자란
왕고들빼기
넙적넙적한 잎사귀 위에
꽃뱀 한 마리가
칭칭 똬리를 틀고 있었습니다

소스라치게 놀라
뒷걸음질을 치다가
다시 보니
꽃뱀은
왕고들빼기의
꽃처럼 보였습니다

그렇게
둘이
하나로 된

환한 풍경 앞에
마음속 흉기마저 버렸습니다

뒤란이 더 환해졌습니다

소농의 밭으로 출근하다
―불편당 일기

늘 말썽인 세상사
아침에 눈 뜨면 말썽만 피우는 종자들
그래서 되도록 뉴스를 멀리하고
툇마루에 앉아
꽃들이 피어나는 봄의 정원을 바라보고
이 나무 저 나무로 옮겨 다니며
재재거리는 텃새들과
내 눈길과 호흡에 닿아있는
먼 산 능선의 해맑은 기운을 모신다
아침밥 한술 뜨고
소농小農의 밭으로 출근한다
밭에 들어 땀 흘리며 흙과 놀다 보면
말썽인 세상사 까맣게 잊고
또 다른 흙인 나도 까맣게 잊어버린다
까맣게 잊는다고 잊어버린다고
세상도 나도 어디로 가진 않지만
꽃을 피우진 못할망정
말썽만 피우는 말종은 되지 말자고
광부들보다 더 깜깜한 흙의 동굴에 사는

지하의 예술가

지렁이들을 늘 기억하며 살자고

골고루 가난해지기를
—불편당 일기

벌건 숯이 담긴 화로의 잿불 속에
시린 발목을 파묻고 싶은
혹한의 밤,
요강을 씻은 손으로
쇠 문고리를 잡으면
손가락이 쩍쩍 달라붙었지

괜찮아
쩍쩍, 달라붙어도 괜찮아
불량한 마술은 따로 있잖아
잘 살 수 있게 해주겠다는
저 터무니없는 약속,
(예컨대, 정치인들의 약속!)
불량한 마술은 따로 있잖아

식구들이 타고 앉은
요강 속
오줌에도 살얼음이 끼는 밤,
골고루 가난해지기를 빌고 또 빈다

시래기밥
—불편당 일기

뒤란의 가마솥에 불을 지피고
잘 무르지 않는 시래기를 종일 삶은 아내는
저녁 식탁에 시래기밥을 올렸네

지금 딴 세상에 사시는
어머니의 밥도 그랬지만
아내가 지어주는 밥엔, 푸른 들판이 출렁이네

무서운 돌림병으로 실종된 봄
그래도 올해는 푸른 들판으로
밥을 지어 먹지만
내년의 식탁에도 올릴 수 있을까

시래기밥 달게 먹고 나와
마당에 서서 하늘의 별들을 보는데
으밀아밀 별들이 속삭이네

재난이 일상이 된 시절엔
딱 하루치 근심만 저녁밥에 비비라고

사치
—불편당 일기

논두렁길 걷다
저녁 찬거리 할 개망초 민들레 질경이 따위
뜯어 돌아오다가

논 옆 야산에 흐드러지게 핀
진달래 꽃 한 줌 따 와
모처럼 화전花煎을 부쳤네

화전을 젓가락으로 쭉쭉 찢어
나눠 먹는데
아내가 뚱딴지처럼 들이대네

여보,
우리 엄청 사치하게 사는 거 맞죠?

맞아
당신 말이 맞고 말고
이런 사치 있어 세상이 아직 멀쩡할걸

잡초 밥상
―불편당 일기

잡雜이라는 말이 들어가면 깔보지만
우리 가족은
잡초에 꽂혀 하루하루 삶을 영위하지

잡초로 비빔밥을 해먹고
잡초로 갖가지 요리를 만들어
밥상에 올린다네

모름지기 살아 있다는 건
허접한 잡雜과 친해지는 일이며
구두 뒤축에 짓밟히는
질경이 같은 생과 공명하는 일인 것을

짓밟힌 인생 잡놈들과 친했던
예수나 해월,
그래서 더욱 친근하거니

드난살이 같은 우리 가족의 식탁엔
세상 잡것들도
소외되는 일은 없거니

야성의 슬픔을 부리에 물고
—소농 예찬 1

첫눈 녹아 번들거리는
자드락밭의 비닐을 둘둘둘 말아 걷었네

검은 비닐 걷어내자
물속에서 참았던 숨 토하는 해녀처럼
사래 긴 문장의 풋풋한 흙냄새

반가운 모국어인 양
꿈틀대던 지렁이 몇 마리도
다시 어미 흙 속으로 파고들고 있었네

자드락밭 위에 걸친
염소 형상의 구름 머리에 이고
비닐 뭉치 손수레에 싣고 돌아올 때

잔설이 남은 대문 앞
대추나무에 앉았던 텃새 몇 마리가
야성의 슬픔을 부리에 물고
무언가에 쫓기듯 날아오르네

\>

멀리 머얼리 날아가는 새들이
하늘에 쓰는 방랑의 문장을 따라가며
내 흰 눈썹도 깃발처럼 흔들리네

지렁이밭
―소농 예찬 2

와, 지렁이밭이 됐네요.
텃밭에 무씨를 뿌리던 아내의 말이 우스워
킬킬대며 대꾸한다 누군가는
자연의 정원사라고 부르던데?
멋진 호명이네요
호미에 찍히지 않게 조심해야겠어요.
꿈틀대는 지렁이 보면 악귀를 본 듯 소스라치던
그녀가 지렁이를 흔감하다니!
지렁이나 땅강아지 같은 생물은
눈을 씻고 보아도 볼 수 없던
황폐해진 밭을 기름지게 하기 위해
그동안 얼마나 애를 썼던가
들판의 풀을 베어다 넣고,
아침마다 요강의 오줌을 쏟아붓고
음식물 쓰레기를 모아서 넣었다
그렇게 하길 10여 년
마침내 지렁이들이 우글우글 붐비는 옥토가 된 것
흙을 먹고 분변토를 토해 내는
지구를 살리는 예술가
캄캄한 땅속이라 볼 수는 없지만

온몸이 붓인 그가 쓰는 글씨가 궁금해
호미로 살살 부드러운 흙을 파헤치며
오늘도 무씨를 뿌린다

안개
―소농 예찬 3

푸른 담쟁이 덮인 돌담집 돌아
언덕에 올라서니
자욱한 안개가 마을을 지웠네
마을 입구에 선 당산목도 지웠네
십여 년 전 식구들 반대에도
고집 세워 찾아든 마을
시골살이의 불편도 즐기고 불행도
즐기자고 마음먹고 사니
나 자신과의 불화도 지워졌네
언덕 위로 슬슬 좀 더 걸으면
낚시꾼 없는 작은 저수지
스멀스멀 피어오르는
안개의 몽리면적이 넓어지며
흔한 텃새들 지저귐도 지워졌네
이무도 눈여겨보지 않지만
새벽 별 보고 나가 해 저물도록
소농의 밭을 일구며
마음의 진보를 꿈꾸며 살던 날들이
안개에 지워져도 서럽지 않네

질경이

아무리 밟히고 또 밟혀도 살아나는 저것들, 저 흔한 것들, 누가 눈길이나 주나 누가 상감賞鑑이나 하나

흔한 게 저를 살리는 줄도 모르고, 흔한 걸 홀대할 때 제가 죽는 줄도 모르지

길바닥에 찰싹 달라붙어 땅이 곧 하늘인 줄 모르는 천박을 끌어 내리고, 바닥을 기는 너와 나를 높이높이 하늘까지 들어 올리지

그래, 그래, 오늘은 한껏 들어 올려다오 늘 기고만장인 하늘도 오늘은 네 겸허에 물들어 밭고랑 구름 그늘 속으로 몸을 감추느니

어떤 시의 행간보다 더 깊은 길바닥 속으로 스며 흔하디흔한 증식의 싹을 틔우느니, 밟히고 또 밟히며……

거기가 꽃자리였을 것

썩은 나무는
그냥 썩은 나무가 아니구나
썩은 나무 속 숱한 구멍들
거기가
생명의 서식처일 줄이야

도끼날이 스쳐 간 나무 구멍 속에
굼벵이
개미들이 꼬물거리고 있었네
있었네, 라고 중얼거리는 게
미안해지는
굼벵이 개미들이 보금자리를 틀고 있었네

비록 썩어 문드러졌지만
땔감의 용도로도 하급이지만
굼벵이
개미들에겐
거기가 꽃자리였을 것
거기밖에 깃들 구멍수가 없었을 것

＞

무작스러운 도끼날이 스쳐 갔지만

울음소리 들리지 않는

침묵의 집

어여쁜 벙어리들의 집을 파괴해

미안해, 라고 중얼거리는 게

미안해지는

굼벵이 개미들이 꽃자리를 틀고 있었네

숫돌에 무뎌진 도끼날을 벼리며

구멍수 잘 찾는 굼벵이 개미들의 꽃자리를 기웃거린 하루

제3부 생존 배낭

노른자

어릴 적 밥상에 올라온
달걀프라이 노른자가 아까워
흰자위를 젓가락으로 헤적이고 있으면
할머니는
아가, 노른자부터 먹으렴! 하고 말씀하셨다

그때 이후로
매 순간 생의 핵심을 찾는 버릇이 생겼다

생존 배낭
—정학진에게

성탄절에 친한 후배가 선물이라며
생존 배낭을 보내왔다
택배 기사가 휙 넘겨준 것을 무심코 들고 들어오는데
생존 배낭이라 그럴까
본래 무게보다 훨씬 더 무겁게 느껴졌다

문득 배낭 속이 궁금해 내장을 까뒤집어 보니
한없이 울가망해지는 맘,
이렇게 도망치듯 살아야 하나
거기 들어있는 나침반으로 방향을 가늠하며
꽁지 빠지도록 어디로 도망치는,
날개 없는 것들의
낯선 뒤태를 상상하며 갑자기 씁쓸해졌다

오랜 세월
편리와 속도와 효율에 길들여진 자들이
실속 없는 배낭을 메고 어디로 은신할 수 있을까
누림의 좋은 시절은 다 지나고
오직 견뎌야만 하는
이 시간의 폐허로부터 구해 줄 동아줄을

어느 하늘이 내려줄 것인가

더러 조마조마해지는 맘 달래라고 보낸
생존 배낭,
그 속에 친절하게 넣어둔 초콜릿 비스킷 따위는 꺼내 먹고
나침반만 그대로 두었다, 하나뿐인 지구 밖으로
은신할 순 없으므로,
험한 일 닥치더라도 생존의 무거움 털고
가벼워지는 희망의 향방은 가늠하며 살고 싶어

카슈미르의 달

저 평화로운 달 아래도 분쟁은 있어,
드넓은 호수 위
흔들리는 선상 호텔에 갇혀
밤이면 옥상에 올라
하모니카 몇 곡으로 여행의 시름을 달랬지

비움과 채움이 자유자재인 저 달은
여전히 비틀비틀
갈 지之 자를 걷는 이들의 스승이지만,
둥근 포만의 빛 낭비하며
눈동자에 뭘 더 집어넣고 싶어 하는
여행자의 욕망에
으밀아밀 월금月琴 가락 들려주네

들끓는 열대야, 잠 못 이루는 물 위의 밤
흔들리는 선상의
흔들리는 악몽조차
물 위의 상여 같은 배낭에 밀어 넣고
마냥 뒤척이네

\>

새벽녘까지 베갯머리에 와 철썩이는 달빛,

여명이 동트면

머나먼 길 떠날 내 행장 꾸려줄까

희망의 인질

자드락밭 아래 평평한 공터,
풀들이 항아리를 토해 놓은 것은 아닐 텐데
풀밭이 된 공터에는
크고 작은 항아리들이
거대한 알처럼 나뒹굴고 있었다
간밤에 사납게 퍼부은
집중호우에 휩쓸린 모양이다

키 큰 풀들은 대부분 넘어져
쫙 깔려 있었으나
어떤 풀들은 어미 닭이 알을 품듯
항아리들을 감싸 안고 있었다
또 어떤 풀들은 드러누운 채
풀대 끝이 살짝 들려
태양을 향해 벌써 일어서고 있었다

오 희망의 인질들,
넘어졌다 다시 일어서는 풀들을,
여리디여린 더듬이로 포복하며
생명의 광원光源을 향해 일어서는

어여쁜 희망의 인질들을 편들고 싶었다

휩쓸려 갈 뻔한 항아리들을
여린 팔로 감싸고 있는 풀들의 어미 근성을 무조건 편들
고 싶었다

고고성

오늘은 백수白壽로 돌아가신 어머니
4주기,
어찌어찌 집 나왔다가
추도식에도 참석하지 못했다

추도라니! 아직
내 곁에 살아 어른거리시는걸

쪽진 가르마 머리에
은비녀 꼽고
늘 동백기름 발라 고우셨던
어머니
마흔일 때,
6 · 25 동란 피난길
바로 내 위로 있던 누나와 형 잃고
고향으로 돌아와
금지옥엽 외동인 날 얻으셨다

오척 단구 작은 몸에
겨우겨우 잉태한 자식

툭하면
이리저리 뱃구레 내질러
회임 내내 고생하셨다는데

나 지금
어머니 배 속에서 불효자로 발길질하며 다시 태어나려
한다
응애
응애
응애
고놈 울음소리 힘차구나!
소리 들으며 또 한번 고고성을 내지르려 한다

구부러진 여백이 살아있는 이 명당에

밤새 내린 함박눈 무게에
구부러진 소나무 가지 짓눌려 조금 더
구부러졌구나

무릇 구부러진다는 건
척추가 휘는 아픔을 품었다는 것
흔들리는 사랑의 그네를 매고
그가 누구든 태우고 흔들리는 여백에
함께 몸을 실었다는 것

구부러진 여백이 살아있는
이 명당明堂에
그네를 매고 오색 댕기 휘날리며
향단이 밀고
춘향이 뛰노는 풍경을 불러와 보네

출렁이는 사랑의 탄력에
쌓인 눈이 부서져 꽃잎처럼 흩날리는 걸
고요한 눈길로 내다보네

유리문에 번지고 번지는 어여쁜 환幻을

백신

혹한을 이겨내고 살았구나
들쥐 사냥을 하는지
어린 고양이가 산밭을 어슬렁거리네
격리된 환자처럼
집 안에 갇혀있다 저물녘에 나왔는데
농로 변의 산수유나무들이
꽃들의 피안彼岸을 열었네
안 보이는 경이의 세상을 보게 해준
어린 들고양이와 노란 꽃눈들
보고 나니
뜨겁던 머리의 열이 내리네
천지 사방 돌아다니는 역병에
너희가 백신이구나

박쥐 콤플렉스

집 안에 들어온 박쥐를 빗자루로 휘둘러 잡아
빈 양파 자루에 넣어 대문 밖에서 풀어주며 중얼거렸다
멀리 머얼리 날아가 다시는 돌아오지 말거라!
잠시 후
양파 자루를 천천히 빠져나간 박쥐는
하늘로 푸드득 날아오르더니 캄캄한 허공 속으로 사라졌다

그날 이후,
나에겐 박쥐 콤플렉스가 생겼다

박쥐에겐 칠흑 어둠이 어찌 광명일 수 있단 말이냐
난 늘 야맹증 환자처럼 더듬더듬거리는데
넌 어찌 어둠 속 동굴이나 지붕 속을 서식처로 삼아 동면
을 하고,
어둠 속에서 푸득 푸드득 엉켜 교미를 하고
어둠 속에서 태어난 새끼들에게 젖을 먹이고, 봄이 와 해
떨어지면
어두운 허공을 사냥터로 삼아
그토록 광폭 비행을 할 수 있단 말이냐

\>

어둠의 종자인 너에겐
어둠이 너의 양식이며 광명한 지식이냐
어둠이 너의 사랑과 희망의 총체냐, 그러냐

혹 날아간 박쥐가 다시 돌아와 또 빗자루를 휘둘러 잡으면,
어두운 하늘로 풀어주며 단호히 말하리라

돌아오지 마라, 다시는 내 앞에 얼쩡거리지도 마라!

DMZ 평화공원에서
—밥퍼 최일도 목사에게

삼복중에
DMZ 평화공원에 왔다
호기심에 이곳저곳 어슬렁거리다가,
공원 가장자리 나직한 건물 뒤편으로 발길을 옮겼는데

철망 우리 속에 갇혀 풀을 뜯던
꽃사슴 한 마리가
이글거리는 눈망울로 날 바라본다
뭘 봐! 그런 건방진 눈빛은 아니고,
무슨 이념, 적의, 증오, 경계심을 품은 그런 무장武裝의
눈빛은 더더욱 아니고

그냥, 멀뚱멀뚱!

그런데 난 왜 그 비무장의 눈빛
멀뚱멀뚱을 못 견디고
어디 갈 길 바쁜 사람처럼 그냥 돌아섰나
실은 땡볕 때문에
나지막한 건물 속으로 피신했는데,
평소 구경도 못 하던 희귀 동물들 사진이 가지런히 진열

돼 있다

    산양, 사향노루, 수달, 열목어 등등…… 여태 말로만 듣던 녀석들,
    높고 깊은 산협에,
    울울창창한 숲속에,
    맑은 개울에 천방지축 뛰노는 녀석들 구경을 하는데,
    갑자기 반신불수라도 된 것처럼 온몸에 힘이 쭉 빠진다

    무장해제!

    평화로 가는 길이 멀고 멀지만,
    그 길 위에 무장해제의 징검다리를 놓는 산양, 사향노루, 수달, 열목어들 따라 이제부터 한 걸음씩,

    그래, 천천히 한 걸음씩……

붉은 잇몸으로 버텨볼까

어금니 두 개를 뽑고 왔어
깍두기나 족발도 씹었지만
미운 놈 자근자근 씹던 도구가 사라진 거지

통증도 씻은 듯 사라졌는데
맷돌 치운 자리가 왜 헛헛할까

별에서 온 수정도 아니지만
봉투에 담아 온 맷돌 책상에 올려놓고
애도의 예禮를 표하는 저녁

어느 착한 치과의사처럼
치아 무덤을 만들어줄 생각은 없지만

큰 원한을 품은 것으로 오해받는
자다가 뿌득뿌득 이빨 갈 일은 없겠지

그렇다면
불멸의 쇠붙이 심지 말고
돌아가신 울 엄니처럼
이 없는 붉은 잇몸으로 버텨볼까

물까치

동틀 녘 문 열고 내다보니
연둣빛 싹이 돋기 시작하는
산뽕나무 가지에
물까치가 앉아
청회색 꼬리를 까딱이며 인사하네
그래, 저 명랑한 물까치가
오늘의 내 운세
안 되는 일이 없겠구나
혹
안 되는 일 있어도 섭섭지 않겠구나
물까치여, 오늘이여
어처구니없는 일 많이 겪다 보니
너에게 기대게 되는구나
물까치여
오늘이여!

바지랑대

돌담 밑에 핀 모란에 홀려
꽃송이에 코를 대고 흠흠 은은한 향기에
취해 있는데

누군가 내 뒤통수에 대고
궁시렁궁시렁거린다
돌아보니
마당 가운데 빨랫줄을 팽팽히 받치고 있는

바지랑대!

한땐 나도 바람결에
우쭐우쭐
춤추던 잎이었고 꽃이었고 나뭇가지였다
정처 없이 유랑하던
구름과 새들이 머물다 가는 안식처였다

비록 이제는
옷이 날개라고 믿는 종자들이
널어놓은 젖은 옷 말리느라

우두커니 먼 산 바라기로 서있지만

한땐 나도
날개 있는 것들과 어울려
산맥과 하늘을 떠받치는 튼튼한 기둥이었다

하지만
이젠 이름도 무지근한, 바지랑대!
흠뻑 비에 젖어도
연둣빛 눈엽 돋아나는 일 없고
다만 잔뜩 널어놓은 빨래 붙잡고 앙버티며
이따금 날아와 앉아 까딱대는
새들의 유희를 팽팽하게 받쳐주는 일뿐

어린 희망에 경의를

우리 마을 가장 높은 언덕의 맨 끝 집
올망졸망한 오 남매
학교 문턱에도 가지 않고
홈스쿨링을 하는데
주근깨투성이 엄마가 선생님
자작나무 숲속에 방목하는
흑염소 세 마리가 선생님
땅굴 속에 가둬 키우는
눈 빨간 토끼들이 선생님
서가엔 책들이 조금 꽂혀 있지만
오 남매는 하늘에 흘러가는
구름 도서관을 자주 들락거리는 편이고
저녁놀 질 때
노을이 그린 그림책에
마음을 더 빼앗기는 편이다
어둠이 내리면 높은 언덕은
별 천문대, 영롱한 별들은
오 남매 눈망울 속으로 풍당풍당 빠져 반짝인다
별 하나 나 하나 별 둘 나 둘
헤아리다 단잠에 취한

오 남매가 깨어나는 시간이면
아침의 투명한 공기는
언덕의 풀잎들 위로
또르르 뜨르르 이슬방울들을 굴린다
자주 찾아가 보진 못하지만
오 남매 집에 가면
나는 낡은 밀짚모자를 벗고
얘들아, 나 왔어!
어린 희망에 경의를 표하곤 한다

최초의 가출

유난히 눈이 크고 볼이 붉었던
그 애, 아홉 살이나 열 살 때쯤일 거야
집안의 무슨 불화不和를 견디지 못하고
울며불며 집을 뛰쳐나왔지

최초의 가출, 하지만
어디 갈 데가 있어? 차도 안 들어오는 깡촌에서?
더 어렸을 적 부처님 오신 날에
그 애, 엄마 치마 부여잡고 촐랑촐랑 오르던,
오랜 기억 더듬어 허위허위 혼자 산을 올랐지

산 중턱쯤 와송 얼기설기 덮인 기와지붕
낡은 암자를 지나
마침내 산봉우리에 우뚝 선
그 애, 성난 얼굴로
두고 온 집과 마을을 내려다보는데

마을은 성냥갑만 하고
마을을 싸고도는 강은
꿈틀거리는 지렁이가 흙 위에 낸 길처럼 보였어

그 애 마음에 상처를 낸
불화의 집은 아예 보이지도 않고.

그렇게 한참 아래를 굽어보던
그 애 성난 얼굴이 풀리며 중얼거렸네
어디로
어디로 사라진 거야, 그 불화의 집은?

그 후 그 애는, 더 이상 애가 아니었네
어디서 바라보느냐에 따라
삶의 풍경이 달라 보인다는 걸, 그리고
왜 스님들이
높은 암자에 기거하는지도 스스로 깨우쳤지

이제 머리가 희끗희끗해진
그 애, 난세의 헛것들에 휘둘릴 때마다
땡땡한 종아리로 산을 오르던 그 애를 떠올리네
유난히 눈이 크고 볼이 붉었던
그 애 세상 어디에서도 찾아볼 수 없지만

주천강 섶다리

홍수 나면 떠내려가 길 끊어져 막막하던, 이제는
관광의 눈요기로 놓여 있는
섶다리,
실로 오랜만에 건너본다

초등 4학년 무렵
큰비 내리자 강 건너 사는 아이들
먼저 집으로 가라고 해
시뻘건 물 위 아슬아슬한 다리 막 건너자,
사나운 물결에 휩쓸려 떠내려가던
섶다리, 그걸 보며 안도의 한숨 내쉬던
꼬맹이 하나 떠오른다

그때로부터
지금까지
험한 강 건널 때마다 생의 다리가 되어준
숱한 당신들
어뜩비뜩 섶다리 건너며 떠오르거니와

이십일 세기

사나운 물결 굽이치는
저 강물 위 아슬아슬한 다리 위를
여전히 코 흘리는 세계의 꼬맹이들 건너고 있나니

입에 발린
사랑
자비 따위 그런 허튼 구호일랑 버리고
허술한
허술한 섶다리라도 되어야 하리

제4부 하늘이 굴리는 대로 살 거야

묵상

새벽에 일어나 앉아,
내게 남은 시간이 얼마나 되는지
묻지 않았네

다만,
뒷산에서 들려오는 새소리에
귀를 기울이네

내 안에
고요의
종자種子를 심는!

원초적 경청

윗입술과
아랫입술을 꼭 붙이고
귀만 열어놓아도 행복할 때가 있지

숲길을 홀로 걷다
옥구슬 굴리는 영롱한 새소리에
걸음 멈춘 순간

나는 모처럼
하늘의 새들과 침묵으로 얘기하고
그 은밀한 사연을 문자로 남기지 않네

어릴 적 젖을 빨며
엄마와 눈빛으로 나눈 이야기를
시로도 남기지 않듯이……

그래도 서먹할 일은 없어
귀만 열어놓아도 충분한 엄마와 하늘과 나

청소하던 아줌마는 어디에?

스무 살 무렵
어느 신학대학에 다닐 때
화장실 벽엔 이런 글씨가 삐뚤빼뚤 적혀 있었지

신은 죽었다―니체
니체는 죽었다―신
너희 둘 다 죽었다―청소하는 아줌마

이런 낙서를
유쾌하게 웃어넘기지 못한
순진한 청년이었던 난
신학도들이
어찌 신을 조롱할 수 있냐며
몹시 속상해했어

한데
지금 생각해 보면
청소하는 아줌마가
'너희 둘 다 죽었다!'던
일갈은

얼마나 통쾌한가

배불뚝이
자본의 신만 남은 세상에
그런 따위 신은 사형선고 내려 마땅하거니와
그걸 일찍 눈치챈
니체도
시대의 바이러스와 싸우다
전염되어 죽었지

화장실 낙서를 증오하며
너희 둘 다 죽었다던
청소하던
아줌마는
지금 어디서 무얼 하고 있나?

오,
대청소가 필요한 시절
배불뚝이 맘몬mammon이
아메리카와

유럽과
아시아와
전 세계를
한 아가리에 꿀꺽 삼킨
이 구중중한 시절

청소하던 아줌마는
지금 어디서 무얼 하고 있나?

여낙낙한 오해

개량한복만 입고 산 지 어언 30년이 되었는데, 그동안 내가 얼마나 개량되었는지 모르겠네

숙대입구역, 헐렁헐렁한 개량한복을 펄럭이며 에스컬레이터를 타고 오르는데, 앳된 여승 한 분이 에스컬레이터를 타고 내려오며 위로 올라가는 나에게 머리를 조아리며 합장을 했지. 그리고 놀라운 덕담까지…… 성불하세요!

허허, 참! 성불이라? 난 스님도 불자도 아닌데…… 아마도 그 여승은 내가 입은 옷만 보고, 불자거나 아니면 속세의 거사쯤으로 여긴 것일까.

사실 그날 나는 숙대 부근에 있는 어느 카페에서 막 출간된 에세이집 『시 읽어주는 예수』 북 콘서트가 있어 가는 길이었지. 시간이 촉박하지 않았다면 여승을 쫓아가 북 콘서트에 초대하고 싶었어.

하여간, 내가 입은 옷 때문에 오해가 있었음이 분명하지만, 얼마나 여낙낙한 오해인가. 여승의 덕담처럼 헐렁헐렁

한 개량한복도, 그걸 걸친 사람도, 시 읽어주는 예수도 성
불의 은총을 누릴 수도 있다면!

계도

허리춤에 단검을 차고 다니는 스님을 알지
스스로 계도戒刀라 부르는데
평소 술과 고기도 즐기는
스님이 경계하는 계율이 따로 있는지

어느 날 스님 거처에서
곡차 몇 잔 나눠 마셨는데
마침 보름달 둥실 떠 분위기를 돋우었는데
알딸딸해진 내가 이죽거렸지

당신이나 나나
저 달 여인숙에 잠시 머물다
저 달이 지면 조용히 꺼지는 거죠
저 밤의 명랑 곁에 세 들어 사는 동안
흠뻑
흠뻑 살아야죠

내가 지껄인 말이 맘에 든 걸까
스님은 허리춤에 찬 은빛 계도를 건네주었지
그날 밤, 집으로

돌아오다 스님이 준 그걸 연못에 던져버렸어

달빛에 빛나는 계도도 이런저런 계율도 다 군더더기 아닌가

풍물 시장에서
—소엽 신정균 님에게

풍물 시장은 오늘 따라 인산인해.
뒤에서 밀면 앞으로 떠밀려 가고,
앞 사람이 멈추면 나도 멈추네.
생선 가게 앞의 생선 비린내는 정말 싫지만
생선 가게 지나 꽃모종 가게 앞까지 오면
오래 밀려 있어도 괜찮아, 괜찮아.

골동품 가게 앞은 언제나 한산하네.
가게 앞에서 기웃거리다 안으로 들어가니
눈에 들어온 건 나무 요강.
조선시대 가마 타고 다니던 양반집 마님들이 쓰던 거라고
골동품 가게 주인은 입에 거품을 물지만,
거기 말고도 거품 없는 눈요기거리는 많아
다른 골목으로 발걸음을 옮기네.

토종 약초 파는 가게 옆
호호백발 할머니 난전에 앉아 인절미를 빚고 있네.
둥글고 길게 만든 찹쌀 반죽을 칼로 뚝딱뚝딱 썰어
팥고물에 묻히기도 하고
콩고물에 묻히기도 하네.

>
그래, 바로 저거야.
이젠 할머니 손길에 저를 내맡긴 인절미처럼 살 거야.
콩고물에 굴리면 콩 인절미로,
팥고물에 굴리면 팥 인절미로,

누가 뭐라 해도 이젠
하늘이 굴리는 대로 살 거야. 그럴 거야.

이상한 예배

그리스인 소설가 니코스 카잔차키스가 어렸을 때
그가 살던 크레타 섬이 터키의 침략을 당해
많은 동족들이 죽었다
어느 날 괴짜인 그의 아버지는
어린 소년 카잔차키스를 데리고
동족들이 목매달려 죽은 대추야자 나무 밑으로 가
자유를 위해 죽은 사람의 발에 강제로 입을 맞추게 했다
자지러질 듯 놀라 울며 집으로 돌아오자
낌새를 눈치챈
그의 어머니가 어디를 갔다 왔느냐고 묻자
그의 아버지가 대신 퉁명스럽게 대꾸했다
예배드리러 갔었소!

코로나 19 사회적 거리 두기로
여섯째 주 동안 교회 문을 폐쇄하고
교우들과 어울리는 모임을 하지 못하고 있는데
주일인 오늘 아침을 먹던 아내가 불쑥 입을 열었다
예배드리러 가죠! 어디로? 들판으로요
오, 들판! 오래전 어떤 수도승도 말했지
하느님은 성전에 더 많이 계신 것도 아니고

들판에 더 적게 계신 것도 아니라고

봄풀이 쑥쑥 돋아나는 들판을 성소 삼아
경배를 하듯 한껏 몸을 낮추고
냉이를 캐고 쑥과 개망초를 뜯는데
맞은편 야산에서 산비둘기가 꾸국꾸국
꿩들이 푸득 푸드득 성가를 부르고
우리는 대바구니 가득 캐고 뜯어 담은
하늘이 선사한 성찬용 양식을 어깨에 메고 돌아왔다

루마니아
―김춘섭에게

루마니아로 여행을 다녀온 친구가
선물이라며
더 투명해진 눈빛과
동방교회 십자가를 쓱 내밀었다

세상 구경의 이력이 짧은 나는 앞으로
루마니아, 하면
벌거벗은 아픔을 탕탕 못 박은
가시면류관의 사내 잠시 떠올릴지도 모르겠다

아카시아 꽃그늘 아래서 친구와 헤어진 후
독실함과 거리가 먼 나는
왜 향기로운 것들은
모두 가시를 품고 있는지 아무에게도 묻지 않았다

루마니아, 하면
소설 『25시』를 쓴 버질 게오르규가 생각나기도 하지만
친구와의 친밀함에 비길 바 못되므로
오랜 시간을 가시방석 같은 감옥에서 보낸
그의 향기에도 오래 머물지 않을 것이다

\>

도통한 사람처럼 굴지도 않지만
무슨 향기에도
무슨 가시에도 무심한 친구를,
살아있는 동안 내 생의 정거장으로 삼아도 좋으리

유쾌한 욕

서른 몇 살 때, 처음 대면한 자리에서
무위당 장일순 선생은 일갈했지
이보게, 하느님이 어디 따로 있는 줄 아나
자네가 하느님이여!

그 말씀 너무 감당하기 어려워
목구멍까지 올라오는
욕 꾹 참고
벌떡 일어나 그냥 넙죽 절을 올렸지

얼마 전 선생 묘소에 갈 일이 생겨
다시 절을 올리며 깨달았네
그때 선생이 한 그 말씀이
무지한 나를 향한 유쾌한 욕이었다는 걸

해월의 비碑

원주 고산 저수지에 밤낚시 갔다가
빈손으로 오는 길
막 아침 해 동트는 송곡마을 앞에 차를 세우고
길옆에 선 해월 최시형 추모비를 보았네

天地는 父母요 父母는 天地니
天地父母는 一體也라

난 밤새 눈에 불 켜고 메기 입질만 바라보다
돌아선 낚시꾼이지만
사람을 하늘처럼 모셔야 한다던
당신은 진정 사람 낚는 어부였네

비 뒤로 펼쳐진 논배미
햇이삭이 피며 벼 익는 냄새 고소한데
밥이 곧 하늘이라며
밥 골고루 나눠 먹는 세상 꿈꾼

해월의 비에는
슬픔이 푸른 이끼로 피어있었네

백팔배

불자는 아니지만
새벽마다 백팔배를 한다
무릎이 안 좋아
방석 여러 개 깔고 한다

엎드렸다 일어날 때마다
일어났다 엎드릴 때마다
비나리한다

타인의 불행이
나의 행복이 아니기를
나의 행복이
타인의 고통이 아니기를

불자는 아니지만
새벽마다 백팔배를 한다
아무 생각 없이
그냥 꾸벅꾸벅할 때도 있다

내 생각의 폭풍만 잠재워도

세상은
지금보다 좀 나아질 거라

백팔배 하다 지쳐 활개 벌리고
넉장거리로 누워도
세상에 솔개그늘 하나쯤 생길 거라

월담은 내 운명

외출한 식구들이 대문을 걸고 나가
부득불
도둑처럼 돌담을 넘어 집에 들어간 적이 있지
내 집으로 들어가면서도
동네 사람 눈에 띌까 월담을 서두르다
담에 올린 푸른 담쟁이잎들이 뭉개져 버리기도 했어

담을 넘어와 쪽마루에 앉아 곰곰 생각해 보니, 사실
월담은 평생에 걸쳐
도둑처럼 즐겨온 내 삶의 지향,
담을 사이에 두고 이쪽과 저쪽을 넘나들던 덩굴식물처럼
가파른 경계에 꽃 몇 송이 피우는 걸 좋아했지

애젊은 시절
내 영혼을 팽팽하게 감아쥔 청년 예수,
조금 철들고 나서 울창한 숲 성스런 고요의 탯줄에
이어져 있는 나를 자각케 해준 붓다, 그 둘 사이의 경계에서
서성거리고, 머뭇거리고……그러다가
그 경계에 겨우겨우 피어난 꽃들의 오련함에 몸을 떨곤 했지

\>

돌아보면, 경계의 넘나들이는

오해나 몰이해의 도화선이 되어, 누가 거기 불을 붙이면

무섭게 폭발하곤 했지 무슨 신성이든 불성이든

히말라야 같은 설산의 가파른 봉우리에 서서,

이 구름과 저 구름의 국경을 넘나드는 건 위험한 일이었어

하지만 그 위험한 국경을 수시로 넘나드는

월담은 내 운명, 담을 사이에 두고

이쪽과 저쪽을 넘나들던 덩굴식물처럼

가파른 경계에 오련한 꽃 몇 송이 피우는 걸 지금도 좋아

한다네

덤불숲 묵상

간밤 멧돼지들이 출몰해
뭉툭한 주둥이를 쟁기날 삼아
겨울 고구마밭을 갈아놓았다

땅속의 지렁이를 사냥했을까
굶주린 짐승이 훑고 지나간 자취를 보며
잠깐 연민이 일었지만

간밤의 사나운 꿈자리가 떠올라
뜬금없이 일어나는
생각들이나 굶겨야겠다고 생각했다

덤불숲 같은 내 머릿속은
생각들이 출몰하곤 하는
들짐승들 놀이터 같지 않던가

그렇다고
아직 꽁꽁 얼어붙은
마음의 묵정밭 가는 일을
멧돼지에겐 맡길 순 없으니

신의 메시지
―심상영에게

꿈 풀이 해주고
살아가는 정신분석가 친구와
함께 여관에 들어 잠을 자다가
갑자기 불이 켜져 잠에서 깨어나 보면,
그는 노트를 펴놓고 뭘 적고 있었지.
생각날 때 금방 안 적으면
기억 속에서 날아가 버린다고
깨알 같은 글씨로 꿈 일기를 쓰고 있었지

꿈은,
신의 메시지라나 뭐라나!

나도 잠을 자려고 누우면
문득 괜찮은 시상이 떠오를 때가 있지
젊을 땐 벌떡 일어나 불을 켜고 그걸 노트에 옮기곤 했으나
요샌 쏟아지는 잠을 못 이기고
아침에 옮기지 뭐, 하고 내처 자곤 하지.
하지만 아침에 일어나면
그 괜찮은 시상은 어디로 사라졌는지

그게
신의 메시지였는지도 모르는데 말이야

미친 춤꾼처럼

아침에 눈뜨면
의문이 고개를 쳐든다

거대한 신의 설계도 속에
본래 나라는 티끌이 있었던 것일까
오늘 내 이마를 찬란히 물들이는
저 태양빛이 그 증좌라도 되는 것일까

모른다, 그래
모른다는 사실이 눈부실 뿐!
하여간
저 모름의 신비 속으로
의문의 족쇄를 끌고
오늘도 천천히 걸음을 옮긴다

텃새들이 머리 위를 날고
산수유나무 가로수가 옆으로 지나가고
알 수 없는 꽃향기가 코끝을 스치고
그리고,
육안에 보이지 않는

이름 붙일 수 없는 것들의 친절한 간섭에
기꺼이 나를 던진다

두꺼비 싸움 같은 세상사
외면할 순 없다 해도
모름의 신비 속으로 매일 걸음을 떼는
내 삶의 스텝이
꼬이고 엉킨다 해도
미친 춤꾼처럼 멈추지 않고 계속 스텝을 밟으리라

월담의 스텝으로 대지의 사랑을 찾아서

이숭원(문학평론가, 서울여대 명예교수)

1. 자연 표절의 소망

　나는 종교의 본질이 기도에 있다고 생각한다. 내 윤리적 기준으로는 기도하지 않는 사람은 신앙인이 아니다. 기독교건 불교건 자신의 삶을 종교적 경건함으로 승화시키려는 사람은 반드시 기도의 시간을 가져야 한다. 생의 중요한 고비마다 간절한 기도로 자신의 마음을 정화하고 자신이 소망하는 바가 무엇인가를 구체적으로 표현해야 신앙인이라고 할 수 있다. 고진하의 이번 시집은 기도와 소망으로 가득 차있다. 그는 40년 가까이 기독교 목회자의 자리에서 타인의 신앙을 이끌어온 사람이다. 그렇기 때문에 그의 시에 소망의 양식이 많이 나타나는 것은 이상스러운 일이 아니다. 그럼에도 불구하고 그 사실을 하나의 특징으로 언급하는 것은 그 소망의 양태가 일반적인 기독교의 흐름과 다른 점이 있기 때문이다.

그는 목회자이면서도 시인이고 어느 면에서는 자연으로 돌아가 농사를 짓는 자연 사상가이기도 하다. 그래서 그의 기도와 소망은 자연과 연결되어 있다. 자연을 통해 소망을 담아내는 것이 시집 전체의 큰 기둥을 이루고 있다. 시집 제일 앞에 놓인 「표절 충동」만 보더라도 시인이 추구하는 바가 무엇인지 금방 알 수 있다. 이 시집의 시들은 독자의 기대를 허물고 의외의 발상을 보여 주는 데에서 재미를 안겨 주는 경우가 많은데 이 시도 역설의 이탈을 통한 시 읽기의 재미를 안겨 준다.

베끼고 싶은 시인의 시들은
이미 낡았구나

베끼고 싶은 가인의 노래는
이승의 리듬이 아니구나

베끼고 싶은 성자의 삶은
시신 썩는 냄새가 진동을 하는구나

(표절 충동은
창조자인 나를
언제나 슬프게 하지만)

꽃의 꿀을 따 먹으면서도
꽃에 이로움을 주는
나비나 꿀벌의 삶은 베끼고 싶거니

이런 생물들의 꽃자리가 되어주는
대지의 사랑은 베끼고 싶거니

—「표절 충동」 전문

　새로운 창작에 힘을 기울이는 시인이 표절에 뜻을 둘 리가 없는데, 그는 시인의 시나 가인의 노래에서 표절 충동을 느낀다고 짐짓 이야기한다. 그러나 그것은 부정을 위한 엉뚱한 전제다. 그는 표절의 대상이 이미 낡고 생명을 잃었다고 지적하며 성자의 삶조차 "시신 썩는 냄새가 진동을 하는구나"라고 부정한다. 부정의 사례 중 성자에 대한 부정의 강도가 가장 센 것으로 보아 종교의 위선에 대해 가장 큰 거부감을 지닌 것을 짐작할 수 있다. 그가 궁극적으로 표절하고 싶어 하는 것은 나비나 꿀벌의 상태, 그중에서도 그들이 펼쳐내는 공생의 삶이다. 나비나 꿀벌은 꽃의 꿀을 따 먹으면서도 꽃가루를 옮겨서 꽃의 증식에 도움을 준다. 서로 해치지 않으면서 서로에게 이로움을 주는 자연의 생태를 본받고 싶은 것이다. 시인은 "대지의 사랑은 베끼고 싶거니"라고 자신의 소망을 단적으로 피력한다. 그가 소망하는 것은 자연과의 공존, 생명체들의 화합이다.

수십 마리 새들이 날아와 우짖을 때

나무는 수직의 악기가 된다

가까이 다가가면 홀연 침묵에 휩싸이고

다시 멀어지면 생음악이 연주된다

둘이 한 몸이 된

반수반조半樹半鳥의 생음악

쌩쌩 바람이 불면 음악은 더 격렬해진다

고요하고 차분하던 수직의 문장이

수직의 악기로 바뀔 때

미치광이처럼 흥분하지 않을 수 없다

나무야, 새들아, 나도 너희처럼

온몸으로 악기가 되고 싶어

생음악을 연주하는 소리의 집이 되고 싶어

소리의 집, 시의 집, 생생한 시집이고 싶어

우릉 우르릉~

천둥이 하늘과 땅을 올리는 이 요란한 계절에

―「소리의 집」 전문

이 시에 나오는 '반수반조半樹半鳥'라는 말이 시인의 세계관을 잘 드러낸다. 나무에 새들이 잔뜩 날아와 깃을 틀고 우짖으니 둘이 한 몸이 되어 나무와 새의 구분이 안 가는 상태를 그렇게 표현했다. "수직의 악기"라는 말도 멋진 표현이다. 수직의 나무에 새들이 날아와 지저귀는 소리를 내니 나무 자체가 거대한 수직의 악기로 느껴지는 것이다. 사람이 다가가면 새들은 울음소리를 멈추고 멀어지면 소리를 낸다. 음악 연주의 규칙성을 갖게 된 것이다. 수직의 악기가 이런 연주의 규칙성을 갖게 된 것은 새와 나무가 하나가 되었기 때문이다. 새나 나무 중 어느 하나가 없으면 이러한 연주는 이루어질 수가 없다. 그들은 공생의 관계에 있다.

시인은 자신이 구사하는 수직의 문장도 그런 수직의 악기로 승화될 수 있기를 소망한다. "온몸으로 악기가 되"는 경지에 이르고 싶어 한다. '반수반조半樹半鳥'가 아니라 '반수반인半樹半人'이 되어야 그런 경지에 도달할 텐데 그럴 가능성은 거의 없어 보인다. 어떻게 하면 나무나 새처럼 온몸이 혼연일체가 되어 자연의 노래를 연주할 수 있을까? 자연의 생태를 표절하는 수밖에 없다. 그러나 시인이 "천둥이 하늘과 땅을 울리는" "요란한 계절"을 살고 있는 것으로 보아 생생한 "소리의 집"에 이르는 것은 어려워 보인다. 공생의 관계에 동화되기에는 시인이 처한 상황이 거칠고 소란스러운 것이다. 마음의 고요함을 이루려면 묵묵한 수행 정진의 과정이 필요하다.

시인은 "푸른 혁명의 뇌관을 갖춘 씨앗"(「난 푸른 혁명의 뇌관을 갖춘 씨앗」)이 폭발하여 온갖 꽃들이 난만한 봄날의 풍요에 눈을 돌리기도 하지만, 낮은 돌담 아래 붉은 모란이 고요히 꽃을 피운 장면을 보고 "식물성의 순례"(「식물성의 순례」)에 더 관심을 갖는다. 모란의 고요한 순례는 슬기로운 말을 연속해서 낳는 미묘한 정화와 관조의 과정이다. 그 식물성의 순례의 길을 밟아 가면 잡초와 더불어 신성의 세계에 드는 기적의 경지에 이른다. 「잡초 밥상―불편당 일기」는 그러한 경지에 이르고 싶은 시인의 소망을 이야기하고 있다.

시인은 잡초에 둘러싸여 잡초로 밥을 해 먹고 잡초와 함께 살아간다. 시인 가족은 "잡초에 꽂혀" 있다고 한다. 잡초는 '잡雜'이라는 말을 갖고 있지만 사실은 효능도 많고 생명력도 강하다. 우리가 제대로 살기 위해서는 잡초의 '잡雜'의 근성을 배워야 한다. "허접한 잡雜과 친해"져야 영혼과 육체가 건강해진다. '잡雜'의 생명력을 흡수해야 병도 낫고 정신도 맑아진다. 그런 점에서 잡초의 '잡雜'에는 '성聖'의 의미가 담겨 있다고 해석할 수 있다. 종교는 늘 가장 낮은 곳을 향해 기도의 문을 열어왔다. 예수는 처음 태어나 누추하기 이를 데 없는 마구간의 구유에 몸을 눕혔다. 이 장면은 상징적이다. 가장 낮은 '잡雜'의 공간에 가장 높은 '성聖'의 은총이 깃든다는 복음의 상징이다. 그래서 예수나 수운 최제우, 해월 최시형 등은 모두 소외되고 짓밟힌 인생 잡초들과 친교하고 사랑을 나누었다. 잡초 같은 민중에게 '성聖'의 씨앗이 있음을 본 선각자들이다. 그래서 고진하 시인도 "구두 뒤축에 짓밟히는/ 질경이 같은 생과 공명하는 일"이 진정으로 사는 것임을 조용히 읊조린다. 시인은 잡초와 더불어 살며 잡초에게서 교훈을 얻고자 소망하는 것이다.

2. 자연의 가족이 되어 가장 낮은 곳으로

자연을 싫어하는 도시인은 없다. 도시인에게 농촌의 전원은 언젠가는 돌아가야 할 모성의 공간으로 의미를 지닌다. 전원의 아름다움이 파괴되어 돌아가고 싶어도 돌아갈 수 없는 상태가 되어도 자연은 여전히 동경의 대상으로 남는다. 도시인이 자연을 애호한다 해도 자연의 외곽에서 자연을 바라보는 사람은 접근에 한계가 있다. 도시인들은 자연을 정면에서 바라보기 때문에 표면만 관찰한다. 농촌의 자연은 표면은 아름답지만 이면에는 도시인들이 감당하지 못할 온갖 누추한 요소들이 도사리고 있다. 벌레들이 기어 다니고 야생동물이 숨어들어 기물을 파손하고 오물을 남긴다. 이러한 이면과의 조우에 국외자들은 적잖이 놀라고 당황한다. 그러나 진정으로 자연을 사랑한다는 말을 하려면 보이지 않던 틈을 뚫고 들어와 자연의 속살을 관찰해야 한다.

「구부러진 여백이 살아있는 이 명당에」는 일반인들도 충분히 즐길 만한 자연 풍경의 아름다움을 보여 주었다. 그것은 굳이 자연의 이면으로 접어들지 않아도 애호할 수 있는 자연의 풍경이다. 밤새 내린 함박눈의 무게에 원래 휘어진 소나무 가지가 더 아래로 구부러졌다. 그 구부러진 모습을 보고 혹시 소나무가 척추가 휘는 아픔을 겪지 않았을까 걱정한다. 그것은 사랑 때문에 애태우고 번민하던 과거의 아픈 기억을 되살려 주기도 한다. 이번에는 즐거운 상상으로 구부러진 가지에 그네를 매고 춘향이처럼 뛰노는 장면을 연상해 본다. 저렇게 눈이 쌓인 구부러진 가지에 그네를 매고 타면 "출렁이는 사랑의 탄력에/ 쌓인 눈이 부서져 꽃잎처럼 흩날리는 걸" 볼 수도 있으리라 상상한다. 아름다운 상상이기는 하지만 실현될 수는 없을 것 같다. 자연은 그러한 "유리문에 번지고 번지는 어여쁜 환幻"을 우리에게 선사하는 고마운 대상이다. 이 시에 담긴 자연의 정경은 일반인 누구라도 즐겁게 꿈꿀 수 있는 장면이다. 그것은 정면에서 표면을 관찰했을 때 얻을 수 있는 상상이다. 그러나 다음 시에 담긴 아름다움은 자연의 안쪽으로 들어가 보이지 않던 이면까지 들여다보았을 때 만나게 되는 독특한 장면이다.

여름날 아침

애호박이나 하나 따려고

뒤란으로 돌아갔는데

아이들 키만큼 자란

왕고들빼기

넙적넙적한 잎사귀 위에

꽃뱀 한 마리가

칭칭 똬리를 틀고 있었습니다

소스라치게 놀라

뒷걸음질을 치다가

다시 보니
꽃뱀은
왕고들빼기의
꽃처럼 보였습니다

그렇게
둘이
하나로 된
환한 풍경 앞에
마음속 흉기마저 버렸습니다

뒤란이 더 환해졌습니다

—「꽃뱀─불편당 일기」 전문

이 광경을 처음 본 사람은 누구라도 소스라치게 놀랄 것이다. 고들빼기김치는 먹어봤어도 왕고들빼기는 본 적이 없어 사전을 찾아봤더니 키가 1미터 이상 자란다고 되어있다. 그 식물의 넓적한 잎사귀 위에 꽃뱀이 올라앉아 있으니 얼마나 놀랄 것인가. 놀라는 것은 마찬가지인데 어떠한 반응을 보이느냐에 따라 시인과 시인 아님이 나누어진다. 시인은 그 장면을 다시 보았다고 했다. 자세히 이면과 후면과 틈새를 관찰해 보니 그 모습이 한 송이의 꽃으로 보였다. 꽃뱀의 똬리 튼 몸체가 왕고들빼기가 피운 꽃으로 보인 것이다. 목사 시인이 거짓말을 할 리가 없다. 정말로 그렇게 보였을 것이다. 꽃뱀과 왕고들빼기, "둘이/ 하나로 된/ 환한 풍경 앞에/ 마음속 흉기마저 버렸습니다"라고 썼다. 마음의 흉기를 버렸다는 것은 꽃뱀을 해치거나 어디로 쳐낼 생각을 하지 않았다는 뜻이다. 한 송이 아름다운 꽃을 보았는데 왜 마음에 흉기를 품겠는가. 그런 마음을 갖자 "뒤란이 더 환해졌습니다"라고 했다. 이것이 농촌에서 살면서 자연과 하나가 되었을 때 갖게 되는 자연미 완상의 경지다. 자연 정경의 뒤편, 외관의 틈새까지 자신의 삶의 일부로 받아들여야 이런 자리에 이르게 된다.

낡은 한옥에는 벽에 틈이 많이 생긴다. 틈이 생기면 당연히 그 틈을 메우려고 한다. 「틈」은 그러한 경험을 표현한 작품이다. 틈을 진흙으로 메워도 시간이 지나면 다시 틈이 생긴다. 틈을 그대로 두면 지붕 처마에 새들이 둥지를 틀기도 하고 벽에 틈이 나면 벌들이 날아와 집을 짓기도 한다. 도시에서 잠시 들른 사람이라면 새똥이 옷에 떨어지지 않을까 걱정하고 벌에 쏘이지 않을까 걱정할 것이다. 시인은 그들을 그대로 두고 "틈에 드나드는 녀석들 보는 재미로 산다"고 했다. 그대로 두고 보면 더 재미있는 일이 생긴다. 처마 밑 서까래 사이 틈에 둥지를 튼 새가 새끼를 까서 먹이를 물고 나르는 신기한 장면을 보게도 된다. 시인은 아내를 불러 함께 박수를 쳤다고 했다. 그들이 자신들의 삶의 틈으로 스며들어와 기쁨을 주고 소농 생활을 응원하는 고마운 식구라고 생각했기 때문이다. 여기서 중요한 단어 '식구들'이라는 말을 마음에 새겨두고 싶다. 자연의 생명체를 자신의 가족으로 받아들여야 자연과의 진정한 화해가 가능하다.

도시에서 지렁이는 기피의 대상이다. 비가 오면 길가에 지렁이가 기어 나와 피하느라고 난리다. 그러나 농촌에서 지렁이는 친화의 대상이다. 농사를 지으려면 우선 지렁이와 친해야 한다. 자연과 함께 살아가려면 우선 '잡雜'과 친해져야 한다고 했는데, 그 '잡雜'의 일 순위가 바로 지렁이다. 지렁이는 흙 속의 양분을 먹고 분변토를 토해 내기 때문에 땅을 비옥하게 한다. 지렁이가 우글거려야 옥토가 되는 것이다. 「지렁이 밭—소농 예찬 2」를 보면, 지렁이나 땅강아지 같은 생물은 전혀 볼 수 없었던 밭을 기름지게 하기 위해, 들판의 풀을 베어다 넣고 요강의 오줌을 쏟아 붓고 음식물 쓰레기도 모아서 넣었다. 그렇게 10여 년을 경영하니 비로소 "지렁이들이 우글우글 붐비는 옥토"가 되었다. 지렁이만 보면 놀라던 아내가 지렁이를 "자연의 정원사"라고 호칭하며 "지구를 살리는 예술가"라고 추켜세운다. 흙 속에서 몸을 움직여 글씨를 쓴다고 생각하기 때문이다. 자연의 가족이 되었을 때 나오는 반응이다.

「소농의 밭으로 출근하다—불편당 일기」에서는 다른 것은 잊어도 "지하의 예술가/ 지렁이들을 늘 기억하며 살자고" 다짐한다. 그러한 지렁이는 다른 생물의 먹이도 된다. 「야성의 슬픔을 부리에 물고—소농 예찬 1」에서는 텃새 몇 마리가 지렁이를 부리에 물고 날아오르는 장면을 보고 "야성의 슬픔을 부리에 물고" 날아간다고 생각한다. 살아서 땅을 비옥하게 하다가 텃새의 공복을 채워주는 먹이가 되니 지렁이는 자기 몸을 거리낌 없이 보시하는 보살이라고 하겠다. 『금강경』에 나오는 "무주상보시無住相普施"가 그것이다. 그의 삶이 농촌에 뿌리박았기에 이러한 독특한 관찰과 사색이 우러나온 것이다. 그는 정말로 "허접한 잡雜과 친해"져 잡雜과 더불어 살며 잡雜에서 교훈을 얻는 시인임이 틀림없다. 그래서 이가 아플 때에도 "불멸의 쇠붙이"를 잇몸에 심는 임플란트 대신에 "돌아가신 울 엄니처럼/ 이 없는 붉은 잇몸으로 버텨볼까"(「붉은 잇몸으로 버텨볼까」) 하는 생각을 한다. 영구불변의 물질이 주는 편리를 거부하고 시간에 따라 쇠락하는 "허접한 잡雜"과 친하려는 생각을 갖는다.

3. 월담의 사상가

앞에서 나는 고진하 시인을 자연으로 돌아가 농사를 짓는 자연 사상가라고 소개했다. 그는 목회자이지만 기독교 신앙에 가로막힌 근본주의자가 아니라 열린 정신을 가진 진보적 신앙인이다. 그의 시의 표현대로 '월담을 해서' 종교의 경계를 넘는 생명 중심, 사람 중심의 신앙을 추구하는 열린 사상가다. 그가 자연을 관찰할 때 대상의 이면을 뚫고 들어가 핵심을 포착하려 한 것처럼 종교와 신앙에 있어서도 문제의 핵심을 포착하려는 태도를 보인다. 이것을 「노른자」에서 재미있게 표현했는데, 어릴 때 달걀프라이를 먹을 때 흰자위를 젓가락으로 헤적이면 할머니가 "아가, 노른자부터 먹으렴! 하고 말씀하셨다"고 했다. 그때 이후로 그에게 생의 핵심을 찾는 버릇이 생겼다고 고백하고 있다. 그는 사물의 노른자, 생의 핵심을 포착하는 사유의 관습을 지니고 있는 것이다.

이것은 인간 실존의 문제에 직결된 것으로 자신을 어떤 존재로 받아들이는가 하는 지점과 관련되어 있다. 그도 이제 나이가 들어 목회 현장에서 떠나 들판의 야인으로 살아가는 사람이 되었다. 「바지랑대」는 그러한 자신의 처지를 바지랑대에 비유하여 표현했다. 한때는 자신도 잎과 꽃과 가지를 거느린 당당한 나무였다. "유랑하던/ 구름과 새들이 머물다 가는 안식처"였다. 그러나 이제는 한 줄기 대만 남아 널어놓은 젖은 옷을 말리는 버팀목 정도의 역할밖에 못한다. 그렇지만 이 자의식에는 자긍自矜의 당당함이 담겨 있다. 비록 겉으로는 화려한 장식을 잃고 버팀목으로 남아 있지만 그래도 자신의 할 일은 끝까지 감당한다는 자존감이 행간에 비친다. 이 자존감을 유지시키는 힘이 그의 독특한 종교관이다.

개량한복만 입고 산 지 어언 30년이 되었는데, 그동안 내가 얼마나 개량되었는지 모르겠네

숙대입구역, 헐렁헐렁한 개량한복을 펄럭이며 에스컬레이터를 타고 오르는데, 앳된 여승 한 분이 에스컬레이터를 타고 내려오며 위로 올라가는 나에게 머리를 조아리며 합

장을 했지. 그리고 놀라운 덕담까지…… 성불하세요!

허허, 참! 성불이라? 난 스님도 불자도 아닌데…… 아마
도 그 여승은 내가 입은 옷만 보고, 불자거나 아니면 속세
의 거사쯤으로 여긴 것일까.

사실 그날 나는 숙대 부근에 있는 어느 카페에서 막 출
간된 에세이집『시 읽어주는 예수』북 콘서트가 있어 가는
길이었지. 시간이 촉박하지 않았다면 여승을 쫓아가 북 콘
서트에 초대하고 싶었어.

하여간, 내가 입은 옷 때문에 오해가 있었음이 분명하지
만, 얼마나 여낙낙한 오해인가. 여승의 덕담처럼 헐렁헐렁
한 개량한복도, 그걸 걸친 사람도, 시 읽어주는 예수도 성
불의 은총을 누릴 수도 있다면!

―「여낙낙한 오해」 전문

그는 개량한복을 즐겨 입는다. 개량한복을 입고 산 지 30
년이 되었다고 했다. 개량한복이라는 말보다 생활한복이라
는 말이 옳은 것이라고 해도 그는 공적인 자리건 사적인 자
리건 어김없이 개량한복을 입고 나타난다.「여낙낙한 오해」
는 개량한복에 얽힌 일화를 통해 그의 종교관을 드러내고
있다.『시 읽어주는 예수』(비채, 2015) 북 콘서트에 가기 위해
어느 카페로 갈 때 거리에서 마주친 낯선 앳된 여승이 개량

한복 입은 자신의 모습을 보자 공손히 합장을 하고 "성불하세요" 하고 덕담까지 하더라는 것이다. 이것은 충분히 있을 수 있는 상황이다. 그렇지만 개신교 목사가 스님에게 성불하라는 인사까지 받았으니 받는 쪽에서는 당황했을 것이다. 그러나 고진하는 동요가 없다. 그는 여승의 덕담이 의미가 있다고 생각했다. 헐렁한 개량한복 걸친 사람도, 시 읽어주는 예수도 정말 성불할 수 있다면 얼마나 좋을 것인가 생각한 것이다. 성불이라는 것이 일상의 번민에서 벗어나 신성한 존재로 승화하는 경험이라면 그것은 불교인은 물론 기독교인에게도 축복의 은총이 될 수 있다는 것이 고진하의 생각이다.

이것을 「월담은 내 운명」에서는 월담의 모티프를 이용해 다시 한번 재미있게 표현했다. 대문이 잠겨 있어 돌담을 넘어 집에 들어간 적이 있는데, 그때 가만히 반추해 보니 월담은 평생에 걸쳐 즐겨온 자신의 삶의 지향이라는 생각이 든 것이다. 젊은 시절에는 자신의 영혼을 사로잡은 청년 예수에게 몰두했고, 더 철들고 나서는 자신을 새롭게 자각게 한 붓다에게 심취했다. 담을 넘어 새로운 탐색을 한 것이다. 그는 둘 사이의 경계를 서성거리며 그 경계에 피어난 꽃들의 미묘한 기운에 몸을 떨곤 했다고 고백했다. 근본주의 입장에서 보면 이것은 신성 모독에 해당하는 불경한 이탈로 취급될 수 있다. 그러나 위험한 국경을 수시로 넘나들며 꽃 몇 송이 피우는 걸 지금도 좋아하니 "월담은 내 운명"이라고 노래한 것이다.

그러면 그가 추구하는 종교적 월담의 궁극은 무엇인가? 하나의 단서로 「해월의 비」에서 노래한 "밥이 곧 하늘이라며/ 밥 골고루 나눠 먹는 세상 꿈꾼"이라는 구절을 제시할 수 있지만, 그것은 생명 유지의 평등 세상을 이야기한 것으로 월담의 근본 원인으로 제시하기에는 힘이 약하다. 그것보다는 백팔배라는 월담의 행동을 통해 불교와 기독교를 관통하려 한 다음 시에서 그 기원을 찾는 것이 나을 것 같다.

> 불자는 아니지만
> 새벽마다 백팔배를 한다
> 무릎이 안 좋아
> 방석 여러 개 깔고 한다
>
> 엎드렸다 일어날 때마다
> 일어났다 엎드릴 때마다
> 비나리한다
>
> 타인의 불행이
> 나의 행복이 아니기를
> 나의 행복이
> 타인의 고통이 아니기를
>
> 불자는 아니지만
> 새벽마다 백팔배를 한다

아무 생각 없이
그냥 꾸벅꾸벅할 때도 있다

내 생각의 폭풍만 잠재워도
세상은
지금보다 좀 나아질 거라

백팔배 하다 지쳐 활개 벌리고
넉장거리로 누워도
세상에 솔개그늘 하나쯤 생길 거라

—「백팔배」 전문

　개량한복을 입고 다니다 불승으로 오해받아도 좋다고 한 사람이니 아침마다 백팔배를 한다고 해서 이상할 것이 없다. 정신 수양에 도움이 되는 것이면 백팔배도 참선도 할 수 있다. 그런데 백팔배를 할 때마다 그가 기원하는 내용이 독특하다. "타인의 불행이/ 나의 행복이 아니기를/ 나의 행복이/ 타인의 고통이 아니기를" 빈다고 했다. 평범한 말이지만 세상의 진실이 담겨 있는 기원이다. 세상의 갈등과 분쟁은 결국 나와 남의 분별에서 생긴다. 나와 남을 구분하게 되면 자신의 행복을 빌고 상대적으로 타인에게는 행복이 작게 오기를 바라는 마음이 생긴다. 이 생각이 발전하면 타인의 불행이 나의 행복이라는 관념이 싹튼다. 나와 남을 가르고 남보다 내가 앞서야 한다는 경쟁심이 생기기 때문이다.

냉정히 따져보면 현재 일어나는 국제적 국내적 분쟁의 궁극적인 원인이 바로 이것이다.

밥을 평등하게 나누어 먹자는 것은 제도의 문제고 나와 남을 구분하지 말고 평등한 관계를 맺자는 것은 마음의 문제다. 사람들은 제도에 관심을 갖고 분배의 공정성을 외친다. 법률과 제도를 만들지만 마음의 문제가 해결되지 않으면 갈등은 그치지 않는다. 나와 남을 구분하는 순간 남보다 내가 더 가져야 한다는 마음이 생기기 때문이다. 마음의 문제를 해결해야 밥을 평등하게 나누어 먹는 제도가 순행된다. 마음을 다스리지 않으면 법적 제도는 무용지물이다. 마음을 제도하기 위해서는 수행이 필요하다. 자연과 더불어 나누며 사는 것도 나와 남을 구분하지 않으려는 수행의 일환이다. 잡스러운 것과 하나가 되어 지렁이의 친구로 사는 것도 수행의 방편이다. 지렁이와 친구로 산다면 다른 누구와도 친구가 될 수 있을 것이다. 시인은 멋진 말로 마무리를 지었다. "백팔배 하다 지쳐 활개 벌리고/ 넉장거리로 누워도/ 세상에 솔개그늘 하나쯤 생길 거라"는 말은 참으로 멋지다. 나와 남을 구분하지 않는 마음을 가진다면 넉장거리로 눕지 않고 팔베개로 새우잠을 자도 세상에는 푸른 편더기가 열릴 것이다.

그의 수행은 실천을 겸한다. 그가 이런 시를 쓰는 것도 수행의 실천이고 불편당에서 작은 농사를 짓는 것도 수행의 일환이다. 그의 시 「미친 춤꾼처럼」에 의하면 그는 자신의 존재의 의미를 아직 모르지만 바지랑대건 교목이건 관계치

147

않고 자신의 길을 춤추듯 걸어가겠다고 한다. 그가 이런 수행을 하는 것은 "육안에 보이지 않는/ 이름 붙일 수 없는 것들의 친절한 간섭" 때문이다. 그것은 자연일 수도 있고 사람일 수도 있고 사물일 수도 있다. 그는 자신에게 다가오는 미지의 대상의 호명에 기꺼이 응하고 그것에 자신을 바치려 한다. 자신의 길이 비틀리고 자신의 걸음이 꼬이기도 하겠지만 그것은 응당 있는 일이기에 개의치 않고 "미친 춤꾼처럼 멈추지 않고 계속 스텝을 밟으리라"고 한다. 이러한 다짐의 기표를 시집 마지막에 담았으니 언어의 담론이 계속되는 한 그의 스텝은 멈추지 않을 것이다. 서투르지만 멋진 그의 스텝에 경의를 표하며 나도 그 스텝 뒤를 따라가려 한다. 솔개그늘을 벗어나 푸른 초원에 이를 때까지.